JN321325

ブックレット《アジアを学ぼう》別巻 8

愛美

ビアン・ナイトの中の女奴隷

見た中世の中東社会

風響社

はじめに――3
❶ **奴隷の定義**――8
❷ **アラブ中東社会における奴隷**――10
❸ **『千夜一夜物語』（ライデン版）に描かれる女奴隷の社会生活**――17
1 女奴隷の売買――17
2 女奴隷と主人――20
3 女奴隷の人種と民族――22
4 奴隷の名称――24
5 自称表現――30
6 女奴隷と解放――32
❹ **千夜一夜物語の中の女奴隷**――34
1 悲恋の相手としての女奴隷
――「アリー・イブン・バッカールと女奴隷シャムス・アンナハールの物語」――35
2 才能あふれる女性としての女奴隷
――「女奴隷タワッドゥドの物語」――37
3 主人を救うためにスルタンにまでなる女奴隷
――「アリー・シャールとズムッルドとの物語」―40
4 カリフとの恋物語
――「カリフ、アル・ムタワッキルと女奴隷マハブーバとの物語」――43
『千夜一夜物語』における女奴隷とは何か――45
おわりに――46
注・参考文献

凡　例

1．アラビア語のローマ字転写と仮名表記

・ローマ字転写はアルファベット順に次の通り。

’, b, t, th, j, h, kh, d,dh ,r, z, s, sh, ṣ, ḍ, ṭ, ẓ, ʻ, i, gh, f, q, k, l, m, n, h, w, y

・短母音は a, i, u, 長母音は ā, ī, ū, 二重母音は ay, aw とする。

・単語の冒頭のハムザ（’）は転写しない。

・語末のター・マルブータは転写も表記もしない。ただし、長母音 ā に続く場合は t で転写する。例：alāt.

・定冠詞は常に al- と転写する。仮名表記においては、後続する単語とのあいだに「＝」などは挿入しない。表音主義を採り､太陽文字が後続するときは「アッ」「アン」などそれ以外では「アル」と表記する。

2．年号

・西暦を主とした。

3．引用

・『クルアーン』(『コーラン』) の章節はカイロ版により、三田了一訳を使用した。

・例えば第一章第二節を 1:2 のように示す。

・邦訳の引用にさいし、アラビア語の人名・固有名詞は上記 1 の規則に則る形に改めた。

例：ニザーム・ウッディーン ➞ ニザーム・アッディーン

4．一次史料の物語・逸話の標題

・『千夜一夜物語』の各話の標題はライデン版に従った。

アラビアン・ナイトの中の女奴隷

波戸愛美

はじめに

『千夜一夜物語』という名前の物語をご存じの方は多いだろう。日本では『アラビアン・ナイト』という英訳に由来する名称の方が親しまれているかもしれない。

そもそも、『千夜一夜物語』とはアルフ・ライラ・ワ・ライラ[1]（千と一の夜の意）というアラビア語名を持つアラブ中東圏の物語である。

現在の研究では、まず中世ペルシア語（パフラヴィー語）で記された物語の原型『千物語』があり、これが九世紀ごろ（アッバース朝期）にアラビア語翻訳運動の中の一作品として翻訳されたとみられている。この説話集の元となる写本系統は、エジプト系とシリア系に大別されている。エジプト系写本の代表的な版として、東洋文庫版日本語訳の原典でもあるカルカッタ第二版などがある。一九世紀以降にヨーロッパでベストセラーとなったイギリスのバートン訳やフランスのマルドリュス訳もこれらの版に拠っているが、翻訳の時点で大幅な改変が加えられている。これらのエジプト系写本は、現在知られている千一夜分の話を含むが、物語の舞台である中世に書か

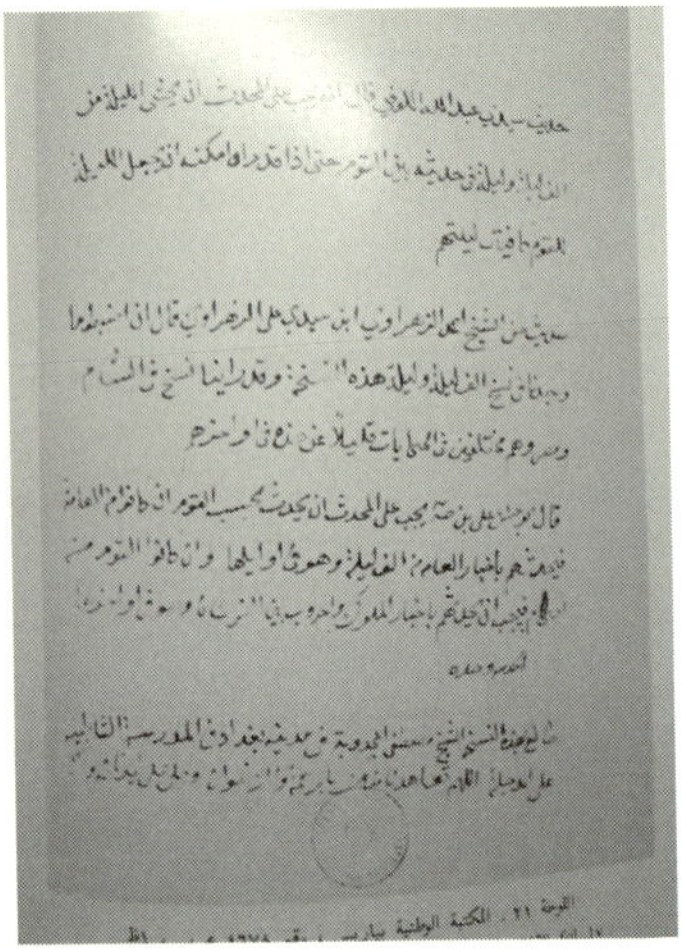
写真1　アラビアンナイト写本（パリ図書館所蔵）

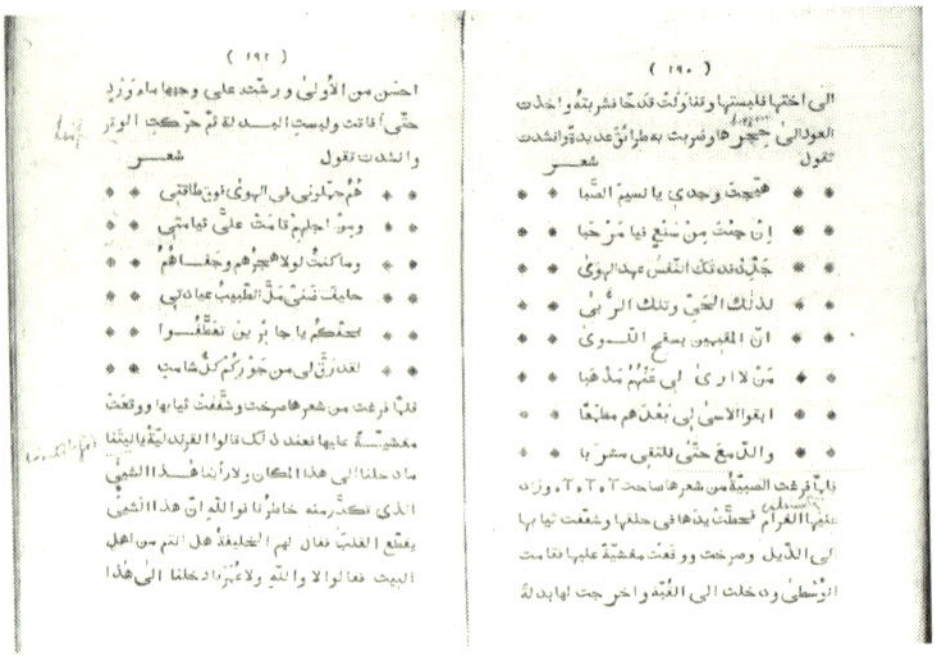
写真2　カルカッタ第一版（英ボードリアン図書館所蔵）

写真3　世界最古のアラビアンナイト（シカゴ大学所蔵、9世紀）

れたものではなく、一九世紀以降に成立したものである点に注意を払う必要がある。

　他方、シリア系写本に拠る版として、一九九四年に出版されたライデン版[2]（写真3）があげられる。校訂者マフディーによると、この版は内容はほぼ四〇話二八二夜分を含み、シリアで書き留められ、一八世紀初頭に出版されたガランの仏語訳に使われたパリ写本を校訂したものであるとする。ライデン版は、『千夜一夜物語』の中では物語が書き留められた時代・地域が確定している唯一の刊本であるために、同時代の他の史料との比較が可能となる。

　『千夜一夜物語』ライデン版とカルカッタ第二版の関係について述べると、まずそれぞれシリア系統、エジプト系統という異なる写本系統に属することがあげられる。次に、成立年代がライデン版は一四―一五世紀、カルカッタ第二版は一九世紀という四〇〇年の差があるということも大きな違いといえるだろう。加えて物語の収録されている長さも異なる。ライデン版二八二夜分に対して、カルカッタ第二版は千一夜分の物語が収録されている。しかし写本系統や成立年代は異なるが、基本的にライデン版に含まれている物語は細部の違いはあれども全てカルカッタ第二版にも収録されている。

このアラビアの物語は、現在の研究では古くはアッバース朝時代、九世紀に古ペルシア語（パフラヴィー語）からアラビア語に翻訳され、口承と書物の二系統によって発展し、そして現代に伝わったとされている。

日本では一八七五年、明治時代初期に『開巻驚奇暴夜《あらびや》物語』という表題で永峯秀樹の手によって翻訳出版されたのが最初である(3)。それ以降絵本や子供向けの児童書、小説や漫画、果ては宝塚演劇にまで多様な発展をみせている。海外でも、アメリカ・ディズニーのアニメーション映画やイタリアのバリゾーニ監督の映画など、数多くの千夜一夜を題材とする映画や本が制作されている。詳しくは杉田英明の著書(4)に経緯がわかりやすく記されている。また、日本語で書かれた『千夜一夜物語』の概説書としては、日本語版の訳者である前嶋信次の概説書(5)、近年の物としては西尾哲夫の著書(6)、イギリスの歴史家・作家ロバート・アーウィンの入門書(7)等があげられる。

では、最初にこの物語を簡単に要約してみよう。

ある事件をきっかけに女嫌いとなったシャハリヤール王は毎日妻を娶り、夜が明けるとその妻を殺すという所業を行った。このため国中の女性は彼を恐れ、逃亡した。とうとう妻となる女性もいなくなり、大臣が頭を悩ませていると大臣の娘シャハラザードが自分を王の妻にするようにと父に言った。娘を愛する大臣は嘆き断ろうとしたがとうとう娘に説得され、彼女を王の妻にする。

こうして王の妃となったシャハラザードは、妹のドゥンヤーザード（またはディーナールザードとする写本もある）を伴って王宮に上がる。そして妹に夜になると面白い話を聞かせてくださいませ、と要求させる。そしてシャハラザードは王が聞いた事もないような面白い物語を語り出すのだが、夜明けになると語りをぴたりとやめる。それを妹に促されると次のように答えるのである。

「もし私が生きて、王が続きを話すことを許して下さるならば……」

物語の続きが気になって仕方のない王はシャハラザードを殺すことができず、結局千一夜が過ぎ最後に二人は結婚し、子宝にも恵まれるという展開である。

この物語が大枠となり、シャハラザードが話す物語は全て主人公も話の内容も違うもので、つまり入れ子構造の物語になっている。各々の物語は決して全て傑作ぞろいという訳ではないが、ではなぜこれほどまでにこの『千夜一夜物語』が各国で生き残っているのか、まず源泉を振り返ることによりそれを考えてみたい。

前述のように、現在『千夜一夜物語』の主な写本系統は、エジプト系とシリア系に大別されている。

エジプト系写本は一九世紀に出版された校訂本の基となったものであり、そのうち代表的なものとしてカルカッタ第二版、ブーラーク版、ブレスラウ版があげられる。シリア系写本がおよそ二五〇夜分の話で途切れているのに対して、エジプト系写本は千一夜分の話数を含む。ライデン版成立以降、おそらくオスマン朝期に足りない夜の数を充足するために話が付け加えられたと考えられている。

シリア系写本の校訂本は、現在のところ前述のライデン版のみである。ただ、一八世紀初頭に出版され、『千夜一夜物語』をヨーロッパに知らしめるきっかけとなった前述のガランの訳本もシリア系写本に基づいている。

現在残存するシリア系写本は欠落部分、本文共に一番古いガラン写本に非常に似通うとされる。

ムフスィン・マフディーにより一九八四年に校訂・出版されたライデン版は全三巻で構成されている。第一巻がアラビア語本文および補遺、第二巻が注、第三巻が索引と解説に加えてマフディー自身の論文が収められたものとなっている。

校訂者マフディーによると、ライデン版は、ガラン写本を校訂し、原型写本を復元することを目的としたものであり、一五世紀頃に知られていたほとんど全ての写本を校合しており、シリアで書き留められたものであるとする。これに対しロバート・アーウィンは、グローツフェルトの論文（Heinz Grotzfeld,"*The Age of the Galland Manuscript of the Nights: Numismatic Evidence for Dating a Manuscript?*"）において千夜一夜物語の年代設定の点で、「ユダヤ人の医者の話」において、一五世紀スルタン・アシュラフ・バルスバーイの治世下で初めて流通したアシュラフィー貨幣が使用されていることなどを例にあげ、異論を唱えた。本書では、グローツフェルトの意見を加味し、『千夜一夜物語』ライデン版の成立年代を一四━一五世紀と考えることとする。

写真４　現代エジプト（カイロ）の風景

写真５　現代シリアの風景（戦争前）

『千夜一夜物語』は、数少ない民衆の手による史料であり、年代記や法廷文書などの従来の歴史史料と異なり女性が頻出する。

勿論、『千夜一夜物語』はフィクションであり、その中に描かれている姿には誇張や語り手の偏見が含まれる可能性も考えられる。だが、『千夜一夜物語』には名も知れない作者や語り手たちの、歴史史料には現れない気負いのない物の見方や、さまざまな視点がみられる。『千夜一夜物語』は、いわゆる正統的な文学作品ではなく、アラブ世界内部の知識人からは民衆文学として軽視される傾向があった。しかし、この中の奴隷の姿に、他史料では知ることができない中世のアラブ・イスラム社会における奴隷像、すなわち当時の人々が奴隷をどう捉えていたのかという見方が反映されている可能性がある。また、歴史史料と異なり一般庶民の視点も窺い知ることができるのも、大きな特徴である。

通常の歴史史料ではほとんどその姿を垣間見ることのできない、女奴隷が頻出する物語文学である『千夜一夜物語』を用いて、イスラム社会における女奴隷に主眼をおき、どのような存在だったのかについて考察してみたい。

一　奴隷の定義

まず、女奴隷について論じる前にイスラム法下のアラブ・中東社会における奴隷について概観しておきたい。イスラム社会における奴隷制は、イスラム成立時である七世紀から二〇世紀初頭まで千年以上にわたって続いた制度である。この制度を理解するためには、イスラム以前のオリエント世界の奴隷制について留意しておく必要がある。なぜなら、奴隷制はイスラムが独自に生み出したものではなく、イスラム以前のアラビアを含むオリエント世界で既に確立していた制度を継承したものであるからである。まず、イスラム社会がどのように奴隷制の慣習を継承し、それがどのように変化してマムルーク朝期に至り、そして廃止に至ったか概観してみたい。

ドイツの歴史学者ミュラー(8)によると、イスラム以前のオリエント世界の奴隷制では、戦争捕虜、女奴隷の子供、債務を返済できない者、売却された子供、罪人、略奪された者などが奴隷とされた。また、イスラム以前のメッカでは香辛料や織物、貴金属などの貴重品と並んで奴隷の売買も盛んであり、既に奴隷売買の慣行が存在していた。

では、イスラムには奴隷制はどのように継受されたのだろうか。イスラム社会第一の法源であるクルアーン（コーラン）において、例えば第二章一七八節では、次のように述べられている。

「信仰する者よ、あなたがたには殺害に対する報復が定められた。自由人には自由人、奴隷には奴隷、婦人には婦人と」

こうした章句により、奴隷の存在はアッラーに認められたものとされていた。預言者ムハンマドの言行録であるハディースでも、奴隷に対する親切な取り扱いが繰り返し説かれた。

また、イスラム社会では基本的には、他者を奴隷化する手段は、戦争で捕虜化することまたは女奴隷の子供であることに限定され、その他の手段は否定された。しかしドイツの法学者イレーネ・シュナイダーが指摘するように、イスラム初期の段階で子供の売却と債務奴隷の慣行が残存していた。[9] また、佐藤次高が『マムルーク』で指摘するように、ムスリムが地中海の都市を襲い奴隷を獲得したこと、遊牧民が隊商を襲撃して人を略奪したこと、ヨーロッパや中央アジアからマムルーク（奴隷身分出身の軍人）となる少年やその他の奴隷を購入するという古い社会慣行がそのまま生き続けていたことにも留意しておく必要がある。

イスラム社会における奴隷は、「物」としての性格、つまり売買・相続・贈与の対象となりうることと、「人」としての性格、例えば主人の許可があれば結婚が可能であり、また自分の離婚に関しては主人の強制を拒否できることを特徴としてあわせ持つ。

次に、軍事奴隷と家内奴隷を主体とし、農業奴隷が少ないことが第二の特徴としてあげられる。農業奴隷については、軍事奴隷、家内奴隷以上に史料に記されることが少なく、はっきりとしたことはよくわからないが、奴隷が農業生産の重要な労働力とされることは、ほとんどなかった。

イスラム初期である七世紀からマムルーク朝期末の一六世紀まで、軍事奴隷や宦官の政治・軍事面での抬頭などをのぞいて、奴隷及び奴隷制に関する大きな変化は見受けられない。イスラム社会では奴隷に対しての解放が推奨され、ザンジュの乱（九世紀後半にメソポタミア南部で起こった黒人奴隷＝ザンジュの反乱）をのぞいては、奴隷反乱も奴隷制に対する批判も起こらなかった。オスマン朝以降になると、カプ・クルと呼ばれる新たな奴隷の名称や制度が現れる。しかし、それまでの奴隷、つまりアブド（奴隷全般を指す言葉、女奴隷はアブダ）、マムルーク（奴隷出身の軍人）、グラーム（奴隷出身の軍人、若者）やジャーリヤ（女奴隷、若者）などがその姿を消すことはなかった。そして、一九世紀になると、アフリカでの奴隷売買を非人道的であるとするヨーロッパ列強によって、奴隷制の廃止が中東各国に要求されるようになる。ヨーロッパの圧力によって奴隷制廃止の機運が高まる中、近代インドのムスリム社会改革家アフマド・ハーンは、クルアーン第四二章四節「天にあり地にある凡てのものは、かれ（アッラー）の（所）有である。かれは至高にして至大であられる」という章句をもとに、神は人の手によって新しい奴隷を作ることを禁止されたと主張した。この解釈は次第にムスリム知識人層に受け入れられて奴隷制廃止論の根拠のひとつとなり、イスラム諸国の奴隷制は廃止に向かった。

以上述べてきたように、イスラム社会における奴隷制はイスラムが独自に生み出したものではなく、前代からの慣習を継受したものであること、基本的にはクルアーンにより奴隷の存在をアッラーが認めたとされていたこと、奴隷制廃止に対する大きな変化はヨーロッパなど、イスラム外からの干渉が契機となっていることに特に注意しておきたい。

二　アラブ中東社会における奴隷

イスラム社会における奴隷とは、どのような存在であっただろうか。井筒俊彦はイスラムにおける神と人との関係を次のように分析している。

人格的関係と申しましても、神はあくまで主（rabb）、主人、絶対的権力をもつ支配者です。そして人間はその奴隷（ʻabd）。つまり神と人との人格関係は、あくまで主人と奴隷との関係なのであります。人間を神の奴隷ないしは奴僕とする、このイスラーム的考え方はイスラームという宗教の性格を理解する上で決定的重要性をもつものであり（以下略）……。[10]

イスラムにおける神と人との人格関係は、例えばキリスト教の情細やかな親密さ、父と子の間の親しさとは全く異質なものであり、主人と奴隷の関係という垂直的な関係であることが述べられている。この考え方はイスラム独自の奴隷概念であることを念頭においておきたい。

では、イスラム社会において、時代・地域を越えた原則・規範となりうるクルアーンには、どのような形で奴隷への言及がなされているだろうか。大別すると、刑罰関連二件、解放・善行関連八件、婚姻関連六件、女性関連三件、その他六件に分けられる。以下、それぞれの項目に、どのように奴隷が描かれているかを概観する。

刑罰関連の条項のうちのひとつには、例えば第四章二五節がある。

あなたがたの中、信者の自由な女を娶る資力のない者は、汝の右手の所有する信仰ある女を娶れ。アッラーはあなたがたの信仰を熟知される。あなたがたは、（皆）一人の者から次々に（生まれた者で）ある。だから女性の家族の承諾を得て、かの女らと結婚しなさい。そして妥当な婚資を、かの女らに贈れ。かの女らが慎ましく、淫らでなく、また隠した友もないならば。かの女らが妻となった後に、破廉恥な行いがあれば、懲罰は自由な女に科せられる半分である。

女奴隷に対する刑罰は自由人の半分であることがここに明記されている。これは密通の場合だけではなく、奴隷の刑罰一般に適用されていた。刑罰だけでなく、婚資も半分とされている。基本的に、奴隷の刑罰も権利も自由人の半分であることがここで定められているともいえるだろう。

次に、婚姻関連に関しては、例えば第二四章三三節に次のような女奴隷との結婚を推奨する章句がある。

結婚（の資金）が見つからない者は、アッラーの恩恵により、富むまで自制しなさい。またあなたがたの右手が持つ者の中、（解放の証明）証書を求める者があって、あなたがたがかれらの善良さを認めるならば、その証明を書きなさい。なおアッラーがあなたがたに与えられた資財の一部をかれらに与えなさい。奴隷の娘たちが、貞操を守るよう願うならば、現世のはかない利得を求めて醜業を強制してはならない。かの女らが仮令誰かに強制されたなら、アッラーがやさしく罪を赦し、いたわって下さろう。

また、特に女性の貞淑に関するものとして、例えば第二四章三一節に次のようなものがある。

信者の女たちに言ってやるがいい。かの女らの視線を低くし、貞淑を守れ。外に表われるものの外は、かの女らの美（や飾り）を目立たせてはならない。それからヴェイルをその胸の上に垂れなさい。自分の夫または父の外は、かの女の美（や飾り）を表わしてはならない。なお夫の父、自分の息子、夫の息子、また自分の兄弟、兄弟の息子、姉妹の息子または自分の女たち、自分の右手に持つ奴隷、また性欲を持たない供回りの男、または女の体に意識をもたない幼児（の外は）。

また、奴隷解放の推奨については、例えば第二章一七七節に以下のように記述されている。

正しく仕えるということは、あなたがたの顔を東または西に向けることではない。つまり正しく仕えるとは、アッラーと最後の（審判の）日、天使たち、諸啓典と預言者たちを信じ、かれを愛するためにその財産を、近親、孤児、貧者、旅路にある者や物乞いや奴隷の解放のために費やし、礼拝の務めを守り、定めの喜捨を行い、約束した時はその約束を果たし、また困苦と逆境と非常時に際しては、よく耐え忍ぶ者。これらこそ真実な者であり、またこれらこそ主を畏れる者である。

このように、クルアーンにおける奴隷に関する記述は二五件存在する。
また、ハディースでも同様に奴隷に対する親切な取り扱いが説かれた。例えばブハーリー（八一〇―八七〇）の編纂したハディース集『サヒーフ』には「奴隷の解放」の章などで「ムスリムの奴隷を解き放した誰のためにも、アッラーはその体の各部を奴隷の体の各部によって地獄の火から守られる。「自分の持っている女奴隷を躾け、よく教えた上で自由の身にし、娶る者は二倍の報いを受ける。また、アッラーと自分の主人に対する義務を果す奴隷はすべて二倍の報いを得る」[11]などと説かれている。

では、奴隷は、法制上はどのような位置にあったのだろうか。

奴隷の法制上の位置は、基本的に以下のようなものとされていた。まず、生まれてくる子供の身分は母親の身分に従うとされた。但し、自由人の父親が子供を認知すれば、その時点で子供は自由人となることができた。また、イスラムの名において行われた戦争の捕虜とすることは合法であると見なされた。しかし、既に述べてきたように、奴隷の解放も人々にとって推奨される行為であった。佐藤次高は、その著書『マムルーク』において奴隷解放には、二種類の方法があったことを指摘している。一つは主人の指示によるものであり、もう一つは文書契約によるものであった。また、主人の子供を産んだ女奴隷はウンム・アルワラドと呼ばれる存在となり、主人の死と同時に奴隷身分から解放されることが定められていた。

また、主人は奴隷を扶養する義務を負っていた。柳橋博之は、その著書の中で奴隷の扶養に関する各学派の見解の相違はあまりなく、争点もないことを指摘している。[12]この奴隷の扶養や保護の概念を示唆する記述が、マムルーク朝期の人名辞典『隠れた真珠』[13]の著者イブン・ハジャル（一三七二—一四四九）の次のような文章の中にある。

「私（イブン・ハジャル）は、ザキー・アッディーンの保護下にあって、彼の奴隷のようなものだった。なぜなら、私が年若いことを心配した父が、彼に私の面倒を見てくれるように頼んだからである。」

ここでは、「奴隷のようなものだった」とは悪い意味ではなく、親切に「面倒をみられた」というむしろ良き意味の喩えとして使われているのである。

そして、ブハーリーは、奴隷身分を「他人によって所有されうることから由来する法的な劣等性」と定義している[14]。それは、「法的に劣等であるがために、身体的に強健であっても、証言や司法や後見や所有や婚姻などの能力を欠いている」とされている。但し、柳橋博之が指摘するように、この劣等性は主人の権利の保護を目的とするものであり、従って主人がその制限を撤廃すれば、奴隷がその本来持っていた行為能力を回復する[15]。例えば、奴隷は主人が許可をすれば結婚することができた。但し、男奴隷が迎えられる妻は自由人の半分の二人までとされた。また、主人の許可があれば財産を持ったり、商売を行ったりすることも可能であった。以上が、奴隷に関する法制度の概観である。

表　「奴隷」関連語彙が指し示す主要領域（～ 15 世紀まで）

	奴隷身分 ラキーク	自由人 フッル
男性	アブド 奴隷一般、とくに黒人奴隷	
	マムルーク 奴隷一般、とくに白人奴隷	
	グラーム （老若問わず）白人奴隷	グラーム 若者
	ファター （老若問わず）宦官、 または（非宦官の）若者	ファター 若者
	ハーディム 宦官、 または（非宦官の）召使い	ハーディム 召使い
	ハスィー 宦官	
女性	アマ 女奴隷のみをさす	
	スッリーヤ 奴隷身分の側妾	
	ジャーリヤ （老若問わず）女奴隷	ジャーリヤ 若い女性
	ファター 若い女性	ファター 若い女性
	ハーディム／ハーディマ 召使い	ハーディム／ハーディマ 召使い

では、女奴隷をさす言葉はどのように定義されているだろうか。

アラビア語の語源から考察してみると、次に、女奴隷をさす用語として、セム系の言葉から流入しヘブライ語の聖書でも同様に女奴隷として使われている女性名詞アマ、アラビア語由来のジャーリヤがあげられる。また、それら以外にも奴隷身分の側妾をさすスッリーヤ、奴隷をさす用語は実に豊富である。また、奴隷身分の召使いをさすワスィーフ、奴隷身分の歌姫をさすことの多いカイナという用語もある。

まずジャーリヤからみてみると、「ジャーリヤとは、少女性の明白な若い女性 fatāya である」[16]とされている。ジャーリヤは従来の研究では女奴隷をさす用語とされてきたが、ここではアブドの場合と異なり、特に奴隷身分をさすと定義されていないことに注目したい。これに対して、奴隷身分の側妾をさすスッリーヤは、「スッリーヤとは財産として、また性的交渉のために所有された女奴隷である」とされている。財産であるとの表現から、スッリーヤが明らかに女奴隷としての意味で使われていることがわかる。

また、奴隷を指す用語がどのように実際に使われていたかの手がかりのひとつとして、イブン・マンズール（一二三三—一三一一／二）の編纂した辞書『リサーン・アルアラブ』がある。これはイブン・スィーダ（一〇六六没）らの先行する複数の辞書から抜粋した記事を統合して執筆されたものであり、その完成度の高さからアラビア語学史上において最も有名な作品のひとつとなった。アブドの項に特に奴隷概念について詳しい説明があるので、それからみてみたい。

まず、以下のように定義されている。

「自由人（フッル）と、奴隷（ラキーク）とを問わず人間。そこから、人間とは創造主に所有された存在であるとみなされる」。

また、イブン・マンズールは次の節で、以下のように説明している。「アブドとは、所有された者（マムルーク）であり、自由人（フッル）の反対である」。ここでは、アブドが明確に自由人と区別され、マムルークという語を使って定義されていることにも注目したい。次に、アブドという語の抽象名詞であるウブーディーヤという単語は、「人に対する服従と謙虚の意味である」とある。「財産として生まれたアブドたちに特にイビッダーという複数形を使う者もある。そして、アブドの女性形はアブダである」。これも、アブドが他者の所有、つまり奴隷であることを明示していると考えていいだろう。

加えて、イブン・マンズールは預言者ムハンマドの教友、アブー・フライラ（六七八／九年頃歿）の次のようなハディースを紹介している。「お前たちの中の誰一人として、お前の奴隷に対して私の奴隷、私の女奴隷と言ってはいけない。（そうではなく）「私の若者」と言いなさい」。そして、これについてこう説明しているのである。

これは、彼らに対していばること、彼らの奴隷性を自分に帰属させることの否定である。というのも、それ（奴隷性の帰属）にふさわしいのは、全ての僕たちと奴隷たちの主であるいと高きアッラーのみだからである。

三　『千夜一夜物語』（ライデン版）に描かれる女奴隷の社会生活

1　女奴隷の売買

イスラム法下のアラブ中東社会における奴隷は、人としての性格と物としての性格を併せ持つことが特徴とされる。物としての奴隷の性格が最も顕著に現れ、人と最も異なる点は、奴隷が売買と贈与の対象となることである。奴隷の売買の手段としては、①奴隷市場、②個人間の取引、の二つが考えられる。

『千夜一夜物語』においては、奴隷売買は、奴隷市場においてか、買い主のもとに奴隷商人がやってくるといった形で行われている。

写真6 「奴隷市場」西洋の画家の描いた奴隷像（オリエンタリズムによる作品）

「女奴隷アニース・アルジャリースとヌール・アッディーン・イブン・ハーカーンの物語」には、奴隷の売買の記述が幾度か現れる。王に素晴らしい女奴隷を望まれたワジール（宰相）は、すぐさま市場に向かい、奴隷商人に「千ディーナール以上の美しい女奴隷がやってきたら、売りに出す前にこちらに見せるように」と命令する。奴隷の購入とあればまず奴隷市場へという図式が存在することを示しているといえよう。また、奴隷の売却も同じく奴隷市場で行われた。主人ヌール・アッディーンの家が傾き、家財を売り払ってもう売るものがなくなったとき、アニース・アルジャリースは以下のようにいう。

我がご主人さま、私に考えがあります。すぐに起き上がって、私を市場に連れて行ってお売りください。あなたは、お父上が私を一万ディーナールでお買い求めになったことをご存知です。多分、力強く偉大なるアッラーはあなたに、この値段に近い（金額を）お与えになるでしょう。もし力強く偉大なアッラーが私たちが再び会うことを思し召しなら、私たちはめぐり会うことができるでしょう。[17]

奴隷が家財になりうる、また奴隷自身が自分の価格、すなわち価値を覚えていて売却を助言するという例である。この話の中での奴隷売買においては、売却を決意した主人ヌール・アッディーンがまずアニース・アルジャリースを市場に連れて行き、仲買人に預け、その後に競売が行われるというシステムになっている。

また、続いて奴隷市場でのアニース・アルジャリースの売却時の仲買人の呼び込み場面が描かれる。

商人の方々、諸々の財産の主の方々、全ての丸いものが胡桃ではなく、全ての長いものがバナナとは限らないよ、そしてまた、全ての赤いものが肉ではなく、また全ての白いものが脂肪とは限らないよ。商人の方々、私と共にありますのは比類ない真珠だよ。あなたがたはお幾らでお買い上げになりますか。[18]

このような商人による呼び込みの文句で奴隷市場での競売が始められたのであろう。[19]

女奴隷の取引について言及された研究は少ないが、ゲニザ文書（エジプト・カイロのシナゴーグ＝ユダヤ教の会堂に所蔵されていた中世のユダヤ文書）の研究者、ゴイテインは、九―一二世紀のユダヤ社会における奴隷と女奴隷に関する論文で、当時のユダヤ社会においては奴隷の取引は奴隷市場ではなく、二人の私的な個人間取引によって行われていたことを示し、その理由としてユダヤ商人が奴隷取引に関わっていないことをあげた。[20]

『千夜一夜物語』には、さまざまな場で働く多様な仕事を持つ女奴隷の姿が頻出する。

まず、比率が高いのが召使い、および贈り物として機能する場合である。女奴隷が贈り物として好まれたであろうことは容易に推測できる。また、女性に特有の仕事として、歌舞音曲の演奏や側妾、料理といったものがあげられる。

イスラム社会では、自由人の女性が男性のいる場で働く、特に顔を見せて働くということは通常困難であったと推測される。そのため、働く場においての女奴隷の必要性は、男の奴隷とは別の意味で高かったのではないだろうか。主人につきそう随行の事例も、この理由ゆえに多かったのではないかと推測される。

さらに、女奴隷には他の奴隷には見られない家族としての役割があげられる。例えば、母、妻、出産、といった役割がそれである。これらを通して、家の一員となる機会があったことは想像に難くない。

2　女奴隷と主人

前項で述べたとおり、『千夜一夜物語』には物語という性格上、奴隷とその主人との双方について書かれている例が多い。ここでは、物語の上でこの両者にどのような関係が想定されているか考えてみたい。

例えば、「第二の遊行僧の物語」に王が王女を呼び出す次のような一節がある。魔法をかけられ、猿に変えられた主人公の男が、その正体を知られぬままある国の王女と対面する場面である。

> そして宦官は姿を消し、しばらくすると王女を連れて戻ってきました。王女は中に入り、私を見るとベールで顔を覆い、いいました。「ああ、お父さま！　あなたが私を男の人の前に出すだなんて名誉というものの感覚をお失いになったのですか！」。王は王女の言葉に関して驚き、そしていいました。「娘よ！　我々の元にはこの年若い奴隷と、このお前を育て上げた師である人物とお前の父である私以外の何者もない。お前は誰から顔を隠すというのか？」(21)

王女は主人公が人間であることを見抜き、顔を覆ったのであるが、ここで注目すべきは王が娘に対して、宦官からは顔を隠す必要がないといっている点である。最初の宦官は、王と王女の間の伝令役を務めており、両者に近しい間柄であることが推測される。一方教育係である宦官は王女を育て教えたことも示唆されており、両者は共に王の家に属する存在だったといってもいいだろう。

また、『千夜一夜物語』「お台所監督の話」では、主人であるカリフ妃が自分の女奴隷の結婚相手に対し、次のようにいう。

「この女奴隷は、私たちのもとでは（自分たちの）子供のようなものなのです。彼女はアッラーがお前（結婚相手）に対してお与えになったのですよ」。

このように、ともすれば家族ともいえる非常に近しい存在として、自由人とは異なる役割を果たす奴隷が存在したことを窺わせる。

似たような奴隷の姿は他の話にも散見される。「ヌール・アッディーン・イブン・バッカールとジャーリヤであるシャムス・アンナハールの物語」で、落ち込んでいる主人公を慰めるために宴会を催そうと、主人公の友人は「それから、彼のグラームたちと彼の友人たちを招き、歌姫を呼んだ[22]」。ここで、招く相手として主人公の友人たちと共に彼のグラーム（男奴隷、この場合は家内奴隷）たちがあげられている点に注目したい。

このように、奴隷は主人と近しい位置にあるが、次のような例もある。「ヌール・アッディーン・イブン・バッカールとジャーリヤであるシャムス・アンナハールの物語」の主人公は病をえて寝込んでしまうのだが、「私のグラームたちが私に関して病気だという噂を広めた」ために、ひっきりなしにくる見舞い客の相手をせざるをえなくなる。このように、近しいゆえ、主人にとって負の効果を引き起こすこともある。

また、『千夜一夜物語』「女奴隷アニース・アルジャリースとヌール・アッディーン・イブン・ハーカーンの物語」ではスルタンの命により優れた女奴隷を探していたバスラの大臣が、眼鏡にかなった女奴隷アニース・アルジャリースを購入する。しかし、大臣の息子ヌール・アッディーン・アリーは彼女と恋仲になってしまう。それに対して大臣は、最初は激怒するが、しまいには次のようにいうのである。

彼（父である大臣）は彼（息子）を見てこういいました。「アリーよ！　もしお前がアニース・アルジャリースを公平に扱えるとわかれば、儂は彼女をお前に与えよう」。（アリーは）たずねました。「父上！　彼女をどうすれば正しく取り扱えるのでしょうか」大臣は答えて、「彼女以外の女性と重婚したり、また彼女をののしったり、また彼女を売ったりしてはならん」といいました。[23]

イスラム法上において、女奴隷を（妾として）持ちながら妻を持つことも、当該の奴隷を売ることも合法であった。しかし、それでも上記のように、奴隷と自由人の間に、扱いの違い設けないことを正しいとする考え方が存在したことは考慮に入れておきたい。

3　女奴隷の人種と民族

『千夜一夜物語』ライデン版においては、全体のうち、奴隷身分であるジャーリヤの事例が八一件、アブドの事例が二六件存在する。そのうち人種の記述がある一一件の内訳はジャーリヤが五件、アブドが六件である。なお、ジャーリヤと同じく奴隷身分であるスッリーヤに関しては、人種や民族が記されている事例は皆無であった。まずジャーリヤの内訳は、白人が五件、黒人が六件である。白人と記されているのは、枠物語「シャハリヤール王とその弟君の話」において、王妃の密通の場面に同席している一件であるが、そこには同じく黒人である女奴隷の描写もあるため、特に白人の女奴隷もいたことを示そうとしたのではないだろうか。

これは男奴隷とは異なる結果である。例として、アブドに関して述べる。これはジャーリヤの場合と異なり、全て黒人の用例である。六件中四件に「巨大である」「屈強である」「醜い」「粗末な衣服をまとう」という身体的特徴や容姿についての言及がある。また、アブドにもさまざまな仕事・役割が存在したが、黒人であると強調されているアブドは拷問と見張り、つまり力強さや屈強さが必要な仕事を担っている。この黒人の身体的特徴は、ジャーリヤには見られない。

『千夜一夜物語』での民族名の記述は、ベルベル系のアラブ人旅行家イブン・バットゥータ（一三〇四―六八／六九）が記した『大旅行記』や、一五世紀のシリア・ダマスカスの公証人イブン・タウクが記した日記調年代記『日録』に比べると非常に少なく、二件である。ひとつめは、「理髪師の五番目の兄の話」においてルーム人（ギリシア人）であることが明記されている事例である。もうひとつは、ライデン版の「女奴隷アニース・アルジャリースとヌール・アッディーン・イブン・ハーカーンの物語」である。前章でも触れた、主人公の一人アニース・アルジャリースが競売にかけられる場面の奴隷市場の様子の中に次のような描写がある。

写真7「白人奴隷」西洋の画家の描いた奴隷像（オリエンタリズムによる作品）

> 市場が賑わいはじめ、ヌビア娘、タクルール娘、フランク娘、ザガーワ娘、ルーム娘、タタール娘、それからその他からなるさまざまな種類の女奴隷たちが売りに出されるまで彼（競売人）は待ちました。

ここでは物語の作者が思いつくまま当時実在した「さまざまな種類の」女奴隷たちを書こうと試みたと考えられる。この奴隷市場の様子はカルカッタ第二版でもほぼ同じように書かれているが、市場の女奴隷の民族描写に、ザガーワ人の削除とトルコ人、チュルケス人、アビシニア人、ジョルジア人の付加が見られる。

やがて市場はいろいろな種類の女奴隷たちで織るがごときにぎわいになりました。トルコ娘もいれば、フランク娘もおり、チュルケス娘もあれば、アビシニア娘もあり、ヌビア娘やタクルール娘もいました。さらにはルーム娘やタタール娘、ジョルジア娘およびその他さまざまな女奴隷がいました(24)。

マムルーク朝期の代表的な奴隷の民族であるトルコ人、チュルケス人の描写が同時代史料であるライデン版にはなく、一九世紀に成立した『千夜一夜物語』カルカッタ第二版の方に現れている。これに関しては、ライデン版が記されていた頃にはまだそれほどその姿が見られなかったか、もしくは他の民族の名前の方が人口に膾炙していた可能性が考えられる。

4　奴隷の名称

前に述べたように、奴隷をさす語のうち、ジャーリヤ、グラーム、ハーディム（奴隷身分の召使い、宦官を含む）、ファター（若者）は、自由人に対して用いられる場合もある。このうちファターとハーディムについては、『千夜一夜物語』と『大旅行記』、『日録』において明らかな使い分けが存在する。また、『千夜一夜物語』には、自由人か奴隷かの判別が難しい事例も見受けられる。このような混在・使い分けは、先行研究で触れられることがほとんどなかった。まず、使い分けられている語にどのような傾向があるのか探ってみたい。

（1）ジャーリヤ

奴隷研究の中でも、特にジャーリヤに関する先行研究はほとんど存在しない。また第一節で述べたように、年代記などにでてくるジャーリヤは明らかに女奴隷のことをさしているために、この言葉が自由人に対して用いられる可能性については検討されることがなかった。

これまで述べてきた通り、『大旅行記』と『日録』においては、売買や贈与、死亡記録などで、ジャーリヤは自由人の女性と区別されていた。しかし、『千夜一夜物語』においては、ジャーリヤの用法は特に自由人・奴隷の限定なく「若い女性」を示す場合と、「女奴隷」を限定して示す場合、そして判別が困難な場合の三つに分けられる。なお、『大旅行記』においては自由人をジャーリヤと呼ぶ例は見られない。これらの語の概念がどのように使い分けられているかについて、考えてみたい。

（2）「自由人の若い女性」を表す場合

『千夜一夜物語』ライデン版に出てくるジャーリヤの事例は九〇件、そのうち非奴隷もしくはその可能性を含む事例は一一件である。その中には、自称表現およびそれに準ずる表現が三件含まれている。自称表現については後に考察する。

ジャーリヤという言葉を明らかに自由人の意味で使用している作品として、「王子と鬼女の話」があげられる。とある国の王子が狩りへの道すがら泣いている娘に会い、身の上を聞くと「私はインドの国に属するある王の娘です[25]」と名乗るが、実はその娘は鬼女（グーラ）の化けた者であったという話である。短い物語であるが、この中では娘は一貫してジャーリヤ、この王子も同じく一貫してグラームと表現されている。

また、これと同様の使い方をしているのが「海生まれのジュッラナールとその息子バドル王子の物語[26]」である。

この作品は一四世紀の逸話集『驚異の逸話の書』[27]にも収録されていることから、同じ源泉から『千夜一夜物語』にも流入したと考えられる。

この作品の中では、主人公のひとりである海の王の娘ジュッラナール、およびその姉妹、別の海の王の娘であるジャウハラ、女王ラーブと四人の自由人がジャーリヤと表記されている。

ジュッラナールは、元々は海の王の娘であったが、捕らえられて商人に売られ、その商人からホラサーン王に売られた後、王の子供を生む。ジュッラナールは第一章で述べたウンム・アルワラド（主人の子供を産んだ女奴隷）になったといえる。彼女が子供を生んだ後に主人であるホラサーン王は死去するが、ジュッラナールの身分の変化については述べられておらず、物語の作者や語り手がどれほど彼女の身分について意識していたかは不明である。

ジュッラナールの場合、上記のように一度は奴隷として売られた身の上のため、呼称がジャーリヤであることについては、問題がないといえるかもしれない。しかし彼女の姉妹もまた作中でジャーリヤという言葉で示されている。こちらは完全に自由人であり、娘（ビント）という言葉で表されている部分も存在する。更に、女王であるラーブも、海の王の娘であるジャウハラもジャーリヤと記されている。ジャウハラの場合はバドル王子と敵対するが、最後には彼女の父が降伏したため、結婚するという筋書きになっている。一方、ホラサーン王やラーブに仕える女奴隷たちもジャーリヤと表現されている。

このように、「王子と鬼女の話」と「海生まれのジュッラナールとその息子バドル王子の物語」では、ジャーリヤという言葉は明らかに自由人の若い女性と、女奴隷の双方に対して用いられている。また、自由人であってもジャーリヤと記されている女性は全て鬼女や海の王の娘など、実在の人物ではない。

なお、同じく自由人であるジュッラナールの兄もグラームと表記されている。

（3）「女奴隷」の意味で用いられ、「自由人の若い女性」と使い分けられている場合

『千夜一夜物語』には「女奴隷」と自由人の「若い女性」を共にジャーリヤという用語でさす場合と、使い分けている場合の両方が散見される。それぞれがどのような事例かを概観してみたい。

比較的明確な例としてあげられるのが、「漁師とジンの話」の以下の場面である。見事な四匹の魚を漁師に献上されたスルタンは、大臣に「ルームの王が我々に贈った女料理人にそれら（の魚）を与えよ」と命令する。大臣は魚を持って女奴隷のところに行き、次のようにいう。

ジャーリヤよ！　諺に「おお、我が一滴の涙よ！　私が汝を隠したのは、我が困難のため以外の何物でもない！（私は苦難のときに備えてお前（涙）を隠しておく）」とある。実にスルタンに（対して）、これらの四匹の魚が献上された。そしてスルタンは汝に、汝がスルタンのために、それらの魚を美しく揚げてフライにするよう命じたのだ。(28)

ここでの女性は、ルームの王がスルタンに「贈った」と表現されていること、およびその後も大臣の呼びかけの言葉も含めて一貫してジャーリヤと書かれていること、また料理人であることから、奴隷身分であると推測される。そして料理人は命令に従い調理の準備をするのだが、彼女が魚を揚げるたびに、調理場の壁から出てくる美しく装った女性が魚を揚げるのを邪魔をするのである。ここでも両者を奴隷（ジャーリヤ）と自由人（イムラア）で使い分けていると考えることができるだろう。

また、「女奴隷アニース・アルジャリースとヌール・アッディーン・イブン・ハーカーンの物語」では、女奴

隷アニース・アルジャリースがバスラの大臣に購入されたとき、大臣の妻が彼女の世話をする場面がある。そこでは大臣の妻は一貫して女性（サビーヤ）もしくは貴婦人（シット）と呼ばれ、アニース・アルジャリースと、大臣家に仕えアニース・アルジャリースの世話を命じられる女性たちはジャーリヤと書かれている。この話でも、自由人と女奴隷は異なる語で表されていると考えられるだろう。

また、「五番目の兄の話」では、大金持ちになったらどのような状況になるかと考えている主人公の想像の中で、自分が迎えるはずの花嫁の一族にこういわれる。「ああ、我々のご主人様、我々の主様、あなたの妻でありました女奴隷である者が、あなたの前に控えております[29]」。ここでも、「妻（イムラア）」とそれとは異なる意味を含ませた「女奴隷」という用語を意図的に使い分けていると考えることができる。

（4）判別がつけ難い場合

最後にジャーリヤという用語が自由人に対して使われているのか、女奴隷に対して使われているのか、判別がつけ難い事例をあげる。

まず、『千夜一夜物語』ライデン版「お台所監督の話」に出てくるジャーリヤ[30]があげられる。この話は主人公とこのジャーリヤとの物語であり、彼女は主人公のひとりともいえる存在である。

このジャーリヤはカリフ妃ズバイダに育てられた人物であり、後宮の取り締まり役であるカハラマーナ職をも務めているとされている。このジャーリヤについては、その名称の変化が自由人か奴隷かの判断を更に困難にしている。最初から三〇八頁までは通常「若い女性」をさすイムラアとかかれているのだが、以降は最後までずっとジャーリヤと表記されているのである。

また、他のジャーリヤたちの彼女に対する呼びかけがあげられる。激昂したこのジャーリヤを止めるために、彼女に仕える他のジャーリヤたちが「どうなさったのですか、私たちの姉上」と彼女に呼びかける場面がある。自由人である主人への呼びかけとしてはいささか気安いように思われる。この例については奴隷身分であると考えるべきだろう。

最後に、「ヌール・アッディーン・イブン・バッカールとジャーリヤであるシャムス・アンナハールの物語[31]」の例をあげる。この話の主人公のひとり、シャムス・アンナハールが自由人であるか否かの判別を困難にしている原因も「お台所監督の話」の場合と同じく、その呼称である。シャムス・アンナハールは、彼女の所有する女奴隷によって、物語のはじめに「私の女主人（シット）であるシャムス・アンナハールさまは、カリフ、ハールーン・アッラシードさまの寵愛されるお方です」と説明されるのである。シットとは貴婦人という意味であり、例えばこの話の中には出てこないが、史実上でハールーン・アッラシードの后であるカリフ妃ズバイダも『千夜一夜物語』の中の他の作品ではシットと表されている。ただし、シットという言葉が女奴隷に使われる事例は存在している。かつ、シットの原義は「主人」であるため、もしシャムス・アンナハールが奴隷身分であったとしても、その女奴隷がシャムス・アンナハールにこの言葉を使用することは可能である。

ただ、シットと称されるのは一回のみで、後は彼女に関して説明が付される時は全て「ハールーン・アッラシードのジャーリヤ」もしくは「ジャーリヤであるシャムス・アンナハール」と記されている。また彼女の呼称にはほとんどジャーリヤが使われている。

シャムス・アンナハールはハールーン・アッラシードの寵愛を受け、彼女づきの女奴隷も所有している。先に述べたように、彼女の死後、ハールーン・アッラシードは彼女の所有する女奴隷たちを解放している。この話における他の女性の登場人物は主にカリフ宮に出てくる後宮のジャーリヤたちであるため、他の自由人の女性の呼称との比較も不可能である。よって、この例については自由身分であるかそうでないか断定できないが、シャムス・アンナハールの場合は身分的には女奴隷であったが、カリフの寵愛を受け、自らの女奴隷を所有するなど力を持った存在であったために、貴婦人を意味するシットと呼ばれていたのではないだろうか。

5　自称表現

奴隷をさす用語が自由人に用いられる事例として、自称表現、つまり自由人が自らやその家族を奴隷であると称する場合があげられる。

カイロを舞台とする「キリスト教徒の仲買人の話」では、語り手が意中の女性に次のようにいう場面がある。「それから、彼女はいいました。『私の小さなご主人様、あなたが私の側にやってきてくださったということは、本当なのですね』。私は答えました。『私はあなたの奴隷で、あなたの側にいるのですよ』[32]」。

このような意中の女性に対する表現は「お台所監督の話」などでも見られる。

逆に、自由人の女性が意中の男性に対してこのような自称表現を使う場合もある。「家の主である最初の貴婦人の話」では、裕福な女性の商人が意中の男性に対して次のようにいうのである。

「私と共に立ち上がって、バグダードの都に参りましょう。あなたの前におりますあなたの女奴隷は彼女の一族の女主人であり、また、男たちと奴隷たちの支配者でもあります。私には資産と商品があり、そしてこの船の中にある私の財産の一部が、あなたの都の外に泊まっている船の中においてあります。船が難破したあと、アッラーは我々をあなたの側に近づけ給い、その結果私はあなたというお若い方に出会えたのです[33]」

この女商人は勿論自由人であるが、相手への強い服従の意を示すために自分を女奴隷（ジャーリヤ）と自称するのである。

また、『千夜一夜物語』「裁縫師の話」では、おしゃべりで図々しい理髪師が、主人公の家で理髪師の客を招き、宴会をしようと持ちかける場面で、彼の友人の名を一通り列挙した後、こう説明する。

「彼らのうちで最も美しい点は、彼らの全てはあなたの奴隷（マムルーク）であるあなたの召使い（ハーディム）と同様に、おしゃべりも、また無駄口も知らないということなのですよ[34]」。

ここで、理髪師は自分を奴隷と自称することで低い位置におき、主人公に阿っているのである。

加えて、「大臣ヌール・アッディーンとシャムス・アッディーンの物語」では、父である大臣が自分の娘の結婚をヌール・アッディーンに次のように申し込む。

「今、既に儂《わし》は心のうちでそなたへの親愛の情を感じている。そこで、儂《わし》の娘をそなたの女奴隷として受け取って、彼女をそなたの家族とし、そなたは彼女の夫とならないか？[35]」

この例は自分の娘を女奴隷という低い位置に置くことで、ヌール・アッディーンへの謙譲を表している。これらの自称表現や自称表現の変形が表すものは、謙譲と服従である。自分もしくはその親族を低い位置に置き、そして自分と他者の関係を強調している。時代は少し前になるがイブン・ジュバイル（一一四五―一二一七）の旅行記には次のような記述がある。

これらの地域（ダマスクス）の住民は話し相手に対して、常に、マウラー（主君）とか、サイイド（主人）とかで呼び掛け、また自分のことは「あなたの召使い」と言ったり、相手を「御貴殿」と言ったりする。また誰かに出会うと、「あなたの奴隷」が参上いたしました」とか、「あなたにお仕えする召使いです」と言って、「あなたに平安あれ」という通常の挨拶言葉に代えている。[36]

この記述から『千夜一夜物語』ライデン版にみられる奴隷の語を用いた謙譲表現が、一二世紀のシリアの住民の間で実際に使われていたことが確認できる。現在でもなお、ペルシア語では「奴隷」という言葉が「私」の謙譲語として一般的に用いられている。

以上のように、奴隷を表す用語は、自由人同士のあいだの関係（絆）の強さを喩える表現として用いられていた。このような事例は、文学作品である『千夜一夜物語』に特徴的に表れるわけであるが、イブン・ジュバイルの記述からわかるように、日常的な会話表現のなかで多用されていた可能性を示唆している。

6　女奴隷と解放

既にのべたように、奴隷解放はムスリムにとって重要な善行のひとつであった。

では、当時の人々はどのような時に奴隷の解放を行っていたのだろうか。

死の直前の奴隷の解放の描写は、『千夜一夜物語』には頻繁に現れる。例えば、「商人と魔王の物語」の一場面である。主人公である商人は、過失により魔物（イフリート）の子供を殺してしまう。その復讐として魔物が商人を殺そうとしたとき、彼は家族に別れを告げたいと願い出て、その後に魔物に殺されることを約束する。そして家に一時的に帰ることを許され、次のような死ぬ前の準備をするのである。

> 彼は遺産の分配と遺言をはじめた。そして、彼は借金を返却して、贈り物をし、与え、喜捨を行い、クルアーンの読み人たちに命じて彼のためにクルアーンの読誦会を行わせた。それで彼は公正な公証人たちを連れてきて、女奴隷（ジャーリヤ）たちと奴隷（アブド）たちを解放し、年長の子供たちに彼自身の財産から子供たちの取り分を与え、年少の子供たちを（面倒をみてくれる者に）ゆだね、彼の妻に財産と（婚）資の全てを与えた[37]。

上記の挿話について考えてみると、まず彼は贈り物や喜捨などの善行、クルアーンの読誦会を開くという信心深い行為を行った。その後、公証人を呼ぶという正式な手続きを踏んだうえで、わざわざ奴隷を解放し、それから家族に遺産を分配している。ここでは、物語の作者が、死の前に行うべき行為のひとつとして奴隷の解放を考えていたといえる。

他方、「アリー・イブン・バッカールと女奴隷シャムス・アンナハールとの物語」では、カリフが寵姫の死後、彼女の女奴隷全てを解放するという場面[38]がある。これは、カリフの悲嘆と度量の大きさを示そうとした記述である。「海生まれのジュッラナールとその息子バドル王子の物語」では、長い間子宝に恵まれなかった王に王子が誕生した時の祝祭の様子を次のように描写している。

> 王は、侍従たちやアミールたちに、街を飾るように人々に命じさせた。そして、牢獄を開き囚人たちを自由の身にして、孤児たちと未亡人たちに衣服を着せ、喜捨を行い、良き知らせを（街に）響かせ、盛大な祝祭を行っ

た。貴顕の者たちも民衆たちも祝祭にやってきた。そして、彼はハーディムたち、女奴隷たち、マムルークたちを解放した。彼らは一〇日間の間、喜びの最中にあった。(39)

この記述で気になるのは、王がハーディム（自由人、奴隷を問わず召使い、及び宦官もさす）たちを解放している点である。基本的に自由人を宦官にすることは不可能なため、宦官の基本身分は奴隷身分であるのが通常である。よって、ここでのハーディムという語は奴隷身分の召使いをさしている可能性がある。

この場面では、死に際しての解放と同様、祝祭時に他の諸々の善行と共に奴隷の解放が行われている。奴隷の解放が、祝祭の際に行われる行為と考えられていたといえるだろう。

以上のような解放の場面をふまえると、奴隷解放という行為は、決して特例ではなく、主人の死の際や祝祭時に頻繁に行われ、かつ善行として認識されていた。そのため、『千夜一夜物語』においても、一般民衆になじみの場面として、しばしば現実を反映した奴隷解放が登場するのだろう。

四　千夜一夜物語の中の女奴隷

これまでは、女奴隷の社会生活について概観し、また女奴隷がどのような目で見られていたかを奴隷の特徴・名称・主人と奴隷の関係から考察した。

『千夜一夜物語』では、カルカッタ第二版まで含めると、女奴隷を主人公とする物語が大変多い。全てを紹介したいところであるが、本節では、紙面の都合上次の女奴隷が主人公とされている話を四点取り上げ、どのような描かれ方をしているかを分析する。

①悲恋の相手としての女奴隷——「アリー・イブン・バッカールと女奴隷シャムス・アンナハールの物語[40]」（ライデン版、カルカッタ第二版所収）
②才能あふれる女性としての女奴隷——「女奴隷タワッドゥドの物語[41]」（カルカッタ第二版所収）
③主人と再会するためにスルタンにまでなる女奴隷——「アリー・シャールとズムッルドとの物語[42]」（カルカッタ第二版所収）
④カリフとの恋物語——「カリフ、アル・ムタワッキルと女奴隷マハブーバとの物語[43]」（ライデン版、カルカッタ第二版所収）

1 悲恋の相手としての女奴隷——「アリー・イブン・バッカールと女奴隷シャムス・アンナハールの物語」

前嶋信次の手による「アラビアン・ナイトの女たち」という論考が『千夜一夜物語と中東文化』に収められている。この論考は女奴隷に的を絞ったものではなく、自由人の女性にも焦点をあてているが、前近代のイスラム社会の女性について書かれた貴重な論文である[44]。

この論考の中で、前嶋信次は恋物語の主題としての女奴隷に着目し、次の三つの物語をバグダードの恋物語としてとりあげている。すなわち、「ヌール・アッディーン・アリーと女奴隷アニース・アルジャリースの物語[45]」、「狂恋の奴隷ガーニム・イブン・アイユーブ[46]」、「アリー・イブン・バッカールと女奴隷シャムス・アンナハールの物語」にバグダードの恋物語に分類している。また、「大体において一一世紀から一二世紀にかけたころ、世界第一級の大都会だったバグダードを背景とした純愛の物語[47]」と高い評価を与えているのである。

では、「アリー・イブン・バッカールと女奴隷シャムス・アンナハールの物語[48]」とはどのような悲恋物語なのだろうか。

あらすじを記すと、主人公アリー・イブン・バッカールはバグダードに住むペルシアの王族の血をひく眉目秀麗な若者である。対する女奴隷シャムス・アンナハール（白日の太陽）は、アッバース朝第五代カリフ、ハールーン・アッラシードの寵姫であった。

二人の出会いは、カリフの寵姫であるシャムス・アンナハールがカリフとも取引のあるアブー・アルハサンの店に出向いたときに、丁度その店にいたアリー・イブン・バッカールと出会う。二人は一目あっただけで互いの容姿や風情に恋に落ちてしまう。これから苦しい悲恋の物語が幕をあける。そもそも、シャムス・アンナハールがカリフの寵姫であるゆえに、二人は中々会う事すらできない。物語の最後までに二人が出会えた回数はわずか二回である。

一回目は、豪商のてびきでアリー・イブン・バッカールがカリフの宮廷に忍び込むという大胆な手段をとる。二人は何とか相まみえることができたが、突然にカリフ、ハールーン・アッラシードの訪れてきたためアリーは宮廷を脱出せざるをえなくなる。

二回目は、別の宝石商人の手引きによってシャムス・アンナハールがこの宝石商人の別宅にやってきて、アリーと会おうとする。ところが、突然現れた盗賊団のためにこの二回目の出会いもまたたくまに途切れてしまう。しかも、シャムスは盗賊団に捕らえられてしまうが、時のカリフ、ハールーン・アッラシードの寵姫であることがわかると解放され、宮殿に送り返されてしまう。

カリフはシャムスの身をたいそう案じ、シャムスとその全財産をカリフ宮殿に移すことを命じ、二〇名の宦官が日々見張りにつくことになった。シャムスと会うことは元々出入りしていた宝石商人にも難しい事となってしまったのである。

それからアリーは傷心の日々を送っていたが、日々を送る中で山賊に襲われるものの、何とか命をとりとめ、たどり着いて町のモスクで親切な人物に家に招待される。だがアリーの体調はどんどん悪くなり、意識が混濁する前に親切な人物に遺言を託し、若い女性が歌う悲恋の別離の詩を聞きながら亡くなってしまう。

ところが、それから程なくして宝石商人がアリーをしのびながら歩いていると、シャムス・アンナハールの女奴隷に手をつかまれ、彼女もまた亡くなったことを聞かされて仰天する。シャムスは憂鬱な日々を送っていたが、カリフと同席している際に、女奴隷がウード（弦楽器）で秘する恋の詩を歌いあげた際に気を失って倒れ、帰らぬ人となったのである。

この物語は千夜一夜物語では珍しい悲恋を主眼とした物語であり、研究者の評価も高い。中東イスラム社会ではカリフの寵姫や場合によっては正妃に女奴隷がなることは珍しくなかった。また、カリフの寵姫である女奴隷というシャムス・アンナハールの身分が、物語の中でも珍しい役割を果たしているといえよう。例えば、物語の最初にシャムス自らが買い物に行く場面などは、自由人の女性の場合よりも起こりうる可能性が高い。

他方、女奴隷でなくてもシャムスが自由人の女性であったとしても、この物語の大筋は変わらないであろう。問題はシャムスがカリフの寵姫であり、アリーと会うことが出来る境遇・身分であるということだからである。

2　才能あふれる女性としての女奴隷――「女奴隷タワッドゥドの物語」

この女奴隷タワッドゥドの物語は異色な作品である。主人公である女奴隷は才気煥発な少女で、優れた女奴隷が多数登場する千夜一夜物語の中でもひときわの輝きを放っている。

この物語のあらすじを述べると、舞台はバグダード、子供に恵まれなかった大商人の家に待望の世継ぎアブー・アルフスンが生まれるところから始まる。ところがアブー・アルフスンがまだ若いうちに父親である大商人が無くなると、アブー・アルフスンは財産を瞬く間に遊びに使い果たし無一文となってしまう。そんなアブー・アルフスンの元にたったひとつ残った父の遺産がわずか一四歳の女奴隷タワッドゥドだったのである。奴隷は財産としての価値があったので、このように相続される事例が歴史上もあった。

財産を失い呆然と過ごすアブー・アルフスンにタワッドゥドは次のように言う。

「もし、ご主人さま、あたくしをアッバース朝第五代の（カリフ）ハールーン・アッラシードさまのもとにお連れになり、あたくしの代価として金一万ディーナールをご請求になって下さいませ[49]」

そして、次のように念を押す。

「ご用心あそばしませ、もしご主人さま、あたくしが申し上げた値段以下では決してお売りなさいませぬようにね。実はその金額でも、あたくしのようなものの値打ちとしては安すぎるのですもの」

そして、地の文章では次のように続く。

「実はこの女奴隷の主人のほうは、この女の真価も知らなければ、同時代に誰ひとりこれに匹敵するほどの女はいないということなどもさっぱりわかっておりませんでした」。

このように物語の序盤からタワッドゥドの才気煥発さが描かれるのである。アブー・アルフスンは言われた通りにタワッドゥドを連れてカリフの面前に行く。

そしてカリフにどのような学問に長けているかと聞かれ、タワッドゥドは文法学と詩学、法学、クルアーンの解釈、言語学、音楽理論、宗教上の諸儀式、算術、幾何学、測地学、古代人の諸説、クルアーンの暗誦、多様な読誦法、精密科学、哲学、医学、論理学、作文、そればかりか作詞、ウード、舞、香料や装いといった考えられうるほとんどの学問や芸術に秀でていると述べるのである。

「誓言いたしますと、あたくしは、確実な根拠のある知識を持ったものでなければ覚り得ない境地に到達いたしておるのでございます[50]」

とカリフの面前で豪語する。カリフはタワッドゥドのこのような宣言を聞き大いに楽しみ、各地から名だたる学者や知識人を集める。そしてタワッドゥドと知識人達の知恵比べを始めるのである。

知恵比べが始まると、タワッドゥドは弁舌爽やかに年上の知識人達を機転を利かせて打ち負かしていく。知識人達の中には素直に負けを認めるものから、打ち負かされたことを恥に思い何とか勝とうと試みて失敗するものまで多種多様な学者像が描かれる。

こうしてタワッドゥドは全ての学者を打ち負かしてしまい、最後には知識人にこう言わせる。

「アミール・アルムウミニーンのおん徳にかけていうけれども、この女人ほどの奇才は、どこの国を探しても、とても見つかるものではありませぬ[51]」

そして最後に演奏方面の諸大家の前でタワッドゥドはウードを見事に演奏してみせる。

こうしたすべての技に感服したカリフは、タワッドゥドに望みを言えと命ずると、タワッドゥドは自分の身を元の主人のところに反してほしいと願う。カリフ、ハールーン・アッラシードはタワッドゥドを主人のもとに返し、五〇〇〇ディーナールを与えたうえに、主人を終身の食卓の相伴衆のひとりに召し抱えた。こうして主人公アブー・アルフスンはタワッドゥドと共に喜びに満ちた生涯を送るのである。

この物語の筋立て自体は、『千夜一夜物語』の中では珍しいものではない。没落した主人が賢い女奴隷のおかげで宮廷で地位を得、以後末永く幸せに暮らすというものである。

しかし、前述したように、女奴隷の賢さについてこれほど主張され、詳しく書かれている物語は『千夜一夜物語』以外の中東の物語でも珍しい。中世のイスラム社会の知識のそうざらいともいえ、しかも女奴隷でも法学といった特殊な学問をも修めるという、現実にもある事例がフィクションにも反映されているといえよう。

余談ではあるが、この物語はスペインに伝播して『修道女テオドールの物語』となっている。こちらも賢い修道女が学者達と知恵比べをするという物語になっている。伝播の段階で女奴隷が修道女へと変化している点が興味深い。

3　主人を救うためにスルタンにまでなる女奴隷——「アリー・シャールとズムッルドとの物語」

この物語は、女奴隷ズムッルドが離ればなれになった主人と再会するために旅を続けていたら、とある偶然でスルタンにまでなってしまうという珍しい筋立てである。

才覚にあふれる女奴隷は『千夜一夜物語』には数多く出てくるが、スルタンにまでなる女奴隷はこのズムッルドのみである。また、歴史上で実際に女奴隷がスルタンになった例としては、マムルーク朝のシャジャル・アッドゥッル（在位一二五〇）がいるが、彼女の事例は特異なものといえるだろう。

まず最初に物語のあらすじを述べると、ホラサーン地方にマジド・アッディーンという裕福な商人がいたが、彼は六〇代になっても初めて息子を得た。その息子はアリー・シャールと名付けられ、一人前の若者になったが、マジドは病を得、亡くなってしまう。

父の死後、アリー・シャールは一年は真面目に過ごしたが、二年目には素行の悪い若者たちに目をつけられ、友達という名目で共に悪の道に走ることとなり、浪費生活を続けた。そしてとうとう無一文になってしばらくたったある日、アリー・シャールは空腹のあまり商人たちの市場に足を向ける。すると当代にも珍しい絶世の佳人であるズムッルド（エメラルドの意、奴隷の名前には宝石や金など高価な物の名前が良く用いられた）という名の少女が売られているのを見る。そのあまりの美しさに、この女奴隷の値段がいくらまでせりあがるのか、そしてどのような輩が彼女を手に入れるのか見届けようと誓う。

女奴隷の買い手としてさまざまな人物が名乗り出るが、当の女奴隷がそれを拒否し、買い手を揶揄する詩を次々と読み上げて行く。女奴隷の持ち主も、本人が気に入った相手でないと決して売らないという誓いを立てている、と女奴隷の意見を尊重するばかりである。業を煮やした仲買人が女奴隷に誰か主人に相応しい人間はいないか問うと、ズムッルドは人垣をぐるりと見わたし、そしてアリー・シャールに一目ぼれをしてしまう。

無一文のアリー・シャールにズムッルドが購入できるはずもなかったが、それさえもこの賢い女奴隷の機転によって、アリー・シャールが九百ディーナールを払ったという体裁を取り、ズムッルドはアリー・シャールの所有となった。

ズムッルドがアリー・シャールに渡したお金によって何もなかった家にも家具や食べ物、飲み物が揃い、二人は晴れて相思相愛の身となった。ズムッルドは特技の刺繍によって毎日カーテンに刺繍を施し、それをアリー・シャールが市場に売るという生活を続ける。

ところが、ある日キリスト教徒の盗賊にズムッルドがかどわかされてしまう。このようにキリスト教徒が明確な悪役として登場する話は『千夜一夜物語』においては珍しい。

アリー・シャールはズムッルドを探し回り、親切な老女の手引きを受けるが、暗闇の中の人違いがあり、今度はズムッルドはクルド人ジャワーンに誘拐されてしまう。クルド人が『千夜一夜物語』で登場するのは非常に稀な事である。

ズムッルドはクルド人のもとにしばらくとどめ置かれるが、見張りの老婆が眠り込んだすきにジャワーンが殺害した兵士の衣装を着、腰には剣をさし、頭にはターバンを巻いて馬に乗って逃げ出す。そして彼女はある都城にたどりついたが、城門に近づくといきなりこの都城の将軍や名士たちに囲まれ、子供の無かった先王の遺言によって、ズムッルドが来た道からやってきた者をスルタンにせよと申し付けられていたと侍従が宣言するのである。

ズムッルドも深謀遠慮の持ち主であったので、自分はトルコ人の子たち（マムルーク）ではなく、れっきとした名家の出である、と堂々という。

そしてスルタン位についた後ズムッルドは公平な政治を行い、民に慕われることとなった。ズムッルドは敬虔に真面目に仕事をこなしたが、生き別れた主人であるアリー・シャールのことはどうしても忘れられず、国中に捜索の触れを出した。そして紆余曲折を経てアリー・シャールとズムッルドは再会を果たす。そしてこのすべての原因がキリシタンとジャワーンにあることが判明し、ズムッルドは復讐を果たした後、アリー・シャールと共に旅立つことを決意する。

そして重臣たちに旅立っている間は合議制で政治を行えと命じた後、二人で暮らした最初の家に戻り、二人は子宝に恵まれ幸せに暮らしたという結末である。

この物語は、最初のズムッルドの競売の場面などは他の物語などと大差ない。才気煥発な女奴隷が元の主人にも大切にされ、望んだ主人のもとに行くという筋立てはそう珍しくはない。

しかし、女奴隷ズムッルドがかどわかされた上にスルタンにまでなるという話の流れは、非常に起伏の激しいものである。わかりやすい悪役にキリスト教徒やクルド人を配し、ズムッルドは非常に敬虔なムスリムであるなど宗教色が強く主張された珍しい物語であるといえよう。

女奴隷ズムッルドは登場の時から最後まで常に誇り高く、前述のタワッドゥドのように自らの才覚によって道を切り開いていく。このような女奴隷像が『千夜一夜物語』の中では珍しくないことは非常に興味深い。

4　カリフとの恋物語――「カリフ、アル・ムタワッキルと女奴隷マハブーバとの物語」

これはカリフとその女奴隷であるマハブーバ（愛されるものの意）との恋物語である。アッバース朝期カリフ、アルムタワッキルは数多い側室を持っていたという歴史的事実に基づく掌編である。

この物語は次のような導入で始まる。

さて、アミール・アルムウミニーン（カリフ）、アルムタワッキル・アラッラーの宮殿には四百人の側室がおりまして、二百人はギリシア人、あとの二百人は奴隷身分のアラブ人とアビシニア人とでございました。そのうえに、ウバイド・イブン・ターヒルはさらに四百人の女奴隷をアルムタワッキルに献上いたしました。そのうち二百人は白人であり、あと二百人はアビシニア人と奴隷身分の親から生まれた土地娘たちでしたが、それらのうちにバスラ生まれの土着人の女奴隷で、名をマフブーバというものがおりました。この娘は美しさも、可愛らしさも、優《やさ》しさも、艶《つや》っぽさも他の誰よりもたち勝《まさ》っており、よくウード（琵琶《びわ》）を弾じ、歌謡にすぐれていたし、さらに詩歌をものし、書道に秀でてもおりました。アルムタワッキルには、この女にうつつを抜かしなされ、一時間といえどもこの女なしには辛抱が出来かねるという有様でございました。ところが、女の方ではカリフさまが自分に心を傾けていられることを見てとると、我がままな態度を示したほか、その身の果報をも忘れてしまいました(52)」

こうした態度に激怒したカリフはマハブーバを遠ざけ、宮中の人々にも彼女に接することを禁じる。しかし心の奥底ではマハブーバを愛しているカリフは、彼女の夢を見た、と側近たちに漏らす。すると侍女がマハブーバがウードと共に詩を詠んでいると伝える。カリフは耐え切れずに彼女の部屋まで行くと、マハブーバがさめざめと後悔とカリフに会えない辛さを歌っているのを聞く。

そして二人は仲直りをするところでこの物語は終わる。物語の最後にはこう書かれている。

「アルムタワッキルがあの世の人となられますと、その女奴隷たちはみんなその人のことなど忘れ果ててしまいました。けれどただひとりマハブーバだけはその中には入りませんでした。この女人のみは故人の事を哀悼してやまず、その死の時まで変わることなく、ついに、故人の傍らに埋葬されたのでございます[53]」

前述した物語とこの物語には大きな違いがある。一つは、これまでの物語が完全なフィクションなのに対し、この物語はカリフ、アルムタワッキルという実在の人物が主題になっていることである。彼が多数の女奴隷を所有していたこと、そして非常に愛した女奴隷がいたこともすべて史実と同じである。マハブーバは寵に溺れて驕った態度をとってしまうが、とがめられると反省し、そして最後までカリフへの愛を貫く。その点では、彼女もこれまでのフィクション上の女奴隷たちと大きな違いはないことは記憶しておきたい。

『千夜一夜物語』における女奴隷とは何か

これまで、『千夜一夜物語』に描かれるさまざまな女奴隷の物語を分析してきた。全体を俯瞰すると、量的には女奴隷自体をモチーフや主人公として扱った話は多くはなく、強いて大きな物語をあげるならば、「女奴隷アニース・アルジャリースとヌール・アッディーン・イブン・ハーカーンの物語」と「海生まれのジュッラナールとその息子バドル王子の物語」である。前者は、忠実な美しい女奴隷とその主人との恋愛譚であり、ある種理想化された奴隷像が描かれている。後者もジュッラナールと王との恋愛譚であるといえるが、しかし彼女が奴隷身分であることが強調されるのは登場時の出会いのさい、美しい女奴隷として売られてくる場面のみであり、その後子供をもうけてからは、奴隷身分であったことには何も触れられず、むしろ人間ではない海の王の一族であることに主眼がおかれている。

ライデン版より後に成立した『千夜一夜物語』カルカッタ第二版では、女奴隷をモチーフとする話は増加する。また男奴隷が主人からの解放を拒否する話など、奴隷であることや奴隷制というシステムが話のレトリックとして用いられたり、誇張されたりしているものも存在する。これは、カルカッタ第二版がライデン版の約四倍という全体の話の分量の違いに起因するのか、それとも後の時代の奴隷観が影響しているのかはわからない。ライデン版には、このような描かれ方は見られず、一般市民の持つ普通の奴隷よりも、ある程度の定型化した富裕層の生活を飾りつける奴隷像が多いという特徴はあるが、どちらの版でも共通して描かれているのは、そのほとんどが社会のさまざまな場で働く奴隷であり、その描写は実際の社会の女奴隷を含む奴隷全般の姿を映し出した、現実社会の鏡としての奴隷像であるといえる。

これらを踏まえて、浮かび上がった女奴隷について考えてみると、イスラム社会の女奴隷にはさまざまな仕事があり、また、売買が頻繁に行われ、ことがあったこと、加えて解放が頻繁に行われ、その行為は善行に分類され宗教的な価値が付随していたことがいえる。

つまり、女奴隷は非常に広い範囲でイスラム社会に浸透していた。これは、家内奴隷が社会生活において重要な役割を果たしていたことの現れである。また後宮における仕事や歌姫といった、女奴隷にしかできない仕事の存在は、女奴隷が自由人の女性には不可能な社会的職能を担っており、特殊な価値を持っていたことを示唆する。また、その職能ともあいまって、女奴隷は主人に近しい存在とみなされていたといえるだろう。

『千夜一夜物語』においては、マムルーク朝の年代記『日録』などと史実と照らし合わせても、特に現実の女奴隷から遊離した姿は描かれていないように思える。

おわりに

『千夜一夜物語』に描かれた女奴隷と、イスラム前近代の女奴隷についてまとめると、次のことがいえる。

まず第一に、奴隷が非常に広い範囲でイスラム社会に浸透していた。これは、軍事奴隷のみならず、家内奴隷が社会生活において重要な役割を果たしていたことの現れである。また同じ名称の奴隷でも、その内実の仕事や富や生活のうえでは差があった。また後宮における仕事や歌姫といった、奴隷にしかできない仕事の存在は、奴隷が自由人には不可能な社会的職能を担っており、このような社会のありようは物語にも反映されている。

第二に、奴隷と主人の強い繋がりがあげられる。これは、物語である『千夜一夜物語』において、主人のために自分を売るよう進言する奴隷や、主人が自分の所有する奴隷のことを「自分たちの子供も同然」という姿から、民衆の間でも奴隷との情緒的な繋がりが求められていたと考えることができる。

第三に、奴隷の呼称の柔軟性があげられる。マムルーク朝期の奴隷をさす語は、例えばアブドやマムルークが奴隷一般という広い使われ方をし、グラームが白人奴隷のみではなく一般の奴隷、そして奴隷のみではなく自由人をも含む「若者」という意味で使われ、ジャーリヤという語が女奴隷のみならず自由人をもさす「若い女性」として使われるといったように、いずれも固定的ではない広汎な語意範囲を持っていた。のみならず、自由人が自らを「奴隷」と称する比喩としての用法も存在した。

本書の目的は、著者不明の文学作品とされる『千夜一夜物語』に現れる女奴隷の姿を拾い出してみることで、歴史資料には現れない女奴隷一般の姿を理解することにあった。『千夜一夜物語』に出てくる女奴隷の独自な役割や主人やその家族との情緒的な良き繋がりは、市民のあいだでの奴隷の使用の浸透を裏付けることができた。

『千夜一夜物語』は歴史史料としては副次的な扱いをうけてきたが、これらの史料から浮かびあがった奴隷の姿が、従来の研究によって形成された奴隷観に新たな視点を加える一助となれば幸いである。

注

（1）Alf Layla wa Layla,ed.William Macnaughten, 4vols, Calcutta,1839-42.（前嶋信次・池田修訳『アラビアン・ナイト』全一八巻，平凡社、一九六六〜九二）

（2）Muhsin Mahdi, The Thousand and One Nights（Alf Layla wa Layla）from Earlinest Known Sources: Arabic Text Edited with Introduction and Notes, 3 vols., Leiden, 1984-94.

（3）杉田英明『アラビアン・ナイトと日本人』一九—二一。

（4）杉田英明『アラビアン・ナイトと日本人』岩波書店、二〇一二。

（5）前嶋信次著，杉田英明編『千夜一夜物語と中東文化』平凡社、二〇〇〇。

（6）西尾哲夫，『アラビアンナイト—文明のはざまに生まれた物語』岩波書店、二〇〇七。

（7）ロバート・アーウィン、西尾哲夫訳『必携アラビアン・ナイト　物語の迷宮へ』一九九八。

（8）Müller, "Skalven"p.59.

（9）Schneider, Kinderverkauf und Schuldknechtschaft, pp.133-157.

（10）井筒俊彦『イスラーム文化』岩波書店、一九八一、六二。

（11）Bukhārī,Ṣaḥīḥ, al-Bukhārī, Damascus, 1993, p. 833; 牧野信也訳『ハディース』二、四五八。「奴隷の解放」一（一）

（12）柳橋博之『イスラーム家族法』創文社、二〇〇一、五四二。

（13）イブン・ハジャル『隠れた真珠』

（14）Bukhārī, Kashf al-Asurār, Cairo, vol.4, p.281.　なお、奴隷の能力については柳橋博之『イスラーム財産法の成立と変容』六六—六八に詳しい。

（15）柳橋博之『イスラーム財産法の成立と変容』六六。

（16）Ibn Manẓūr, Lisān al-'Arab, p.611.

（17）Alf Layla wa Layla, Leiden,p.449.

（18）Alf Layla wa Layla, Leiden,p.450.

(19) 前嶋信次『千夜一夜物語と中東文化』平凡社、二〇〇〇。
(20) Goitein, "Slave and slave-gilrs",pp.140-141.
(21) Alf Layla wa Layla, Leiden,p.172-173.
(22) Alf Layla wa Layla, Leiden,p.396-397.
(23) Alf Layla wa Layla, Leiden,p.443.
(24) Alf Layla wa Layla, Calcutta,p.291.
(25) Alf Layla wa Layla, Leiden,p.100.
(26) Alf Layla wa Layla, Leiden,pp. 481-533.
(27) Kitāb al-Ḥikāyāt al-ʻAjība wa al-akhbār al-Garība, ed.Hans Wehr, Damascus,1956.
(28) Alf Layla wa Layla, Leiden,p.108.
(29) Alf Layla wa Layla, Leiden,p.365.
(30) Alf Layla wa Layla, Leiden,p.392 等。
(31) Alf Layla wa Layla, Leiden,pp.380-434.
(32) Alf Layla wa Layla, Leiden,p.298.
(33) Alf Layla wa Layla, Leiden,p.207.
(34) Alf Layla wa Layla, Leiden,p.341.
(35) Alf Layla wa Layla, Leiden,p.229.
(36) 藤本勝次・池田修訳『旅行記』、関西大学出版社、一九九二、二九三―二九四。
(37) Alf Layla wa Layla, Leiden,p.75.
(38) Alf Layla wa Layla, Leiden,p.432.
(39) Alf Layla wa Layla, Leiden,p.494.
(40)『アラビアン・ナイト六』平凡社、一九七二、九一―一九四。
(41)『アラビアン・ナイト十』平凡社、一九七九、二五七―三五二。
(42)『アラビアン・ナイト八』平凡社、一九七六、一九〇―二六七。
(43)『アラビアン・ナイト九』平凡社、一九七八、九四―九七。
(44) 前嶋信次「アラビアン・ナイトの女たち」『千夜一夜物語と中東文化』平凡社、二〇〇〇、九〇―一一七。

(45)『アラビアン・ナイト三』一九六七。
(46)『アラビアン・ナイト三』一九六七、八九―一四八。
(47)『千夜一夜物語と中東文化』平凡社、二〇〇〇、九三―一〇二。
(48)『アラビアン・ナイト六』平凡社、一九七二、九一―一九四。
(49)『アラビアン・ナイト十』平凡社、一九七九、二三八。
(50)『アラビアン・ナイト十』平凡社、一九七九、二四〇。
(51)『アラビアン・ナイト十』平凡社、一九七九、三五〇。
(52)『アラビアン・ナイト九』平凡社、一九七八、九四。
(53)『アラビアン・ナイト九』平凡社、一九七八、九七。

参考文献

〈日本語〉
アーウィン、ロバート／西尾哲夫訳
一九九八『必携アラビアン・ナイト――物語の迷宮へ』平凡社。
池田修・藤本勝次訳
一九九二『旅行記』、関西大学出版社。
ギブ、ハミルトン・A・R／井筒豊子訳
一九九一『アラビア文学史』講談社学術文庫。
小林一枝
二〇一一『アラビアン・ナイト』の国の美術史――イスラーム美術入門』八坂書房。
佐藤次高
一九九一『マムルーク』東京大学出版会。
一九九四「バグダードの任侠と無頼」佐藤次高・清水宏祐・八尾師誠・三浦徹共著『イスラム社会のヤクザ』第三書館、六三―一一四頁。
二〇〇四『イスラームの国家と王権』岩波書店。

二〇〇四　『イスラームの国家と王権』岩波書店。
二〇〇四　「マムルーク朝時代の奴隷商人とカーリミー商人――比較の試み」『史滴』二六、早稲田大学東洋史懇話会、一三三―一五〇頁。
嶋田襄平
　一九七七　『イスラムの国家と社会』岩波書店。
清水和裕
　二〇〇〇　「グラームの諸相――アッバース朝におけるイエと軍事力」『西南アジア研究』五二、三八―五八頁。
　二〇〇五　『軍事奴隷・官僚・民衆』山川出版社。
杉田英明
　一九九八　「千夜一夜物語」『歴史学事典　第六巻　歴史学の方法』弘文堂、三五八―三五九頁。
　二〇〇二　『葡萄樹の見える回廊』岩波書店。
　二〇一二　『アラビアン・ナイトと日本人』岩波書店。
鷲見朗子訳
　二〇一一　『百一夜物語――もう一つのアラビアン・ナイト』河出書房新社。
西尾哲夫
　二〇〇四　『図説アラビアン・ナイト』河出書房新社。
　二〇〇七　『アラビアンナイト――文明のはざまに生まれた物語』岩波書店。
　二〇一一　『世界史の中のアラビアンナイト』NHK出版。
日本イスラム協会編
　二〇〇二　『新イスラム事典』平凡社。
前嶋信次
　一九九五　『アラビアン・ナイトの世界』平凡社。
前嶋信次著／杉田英明編
　二〇〇〇　『千夜一夜物語と中東文化』平凡社。
前嶋信次・池田修訳
　一九六六―一九九二　『アラビアン・ナイト』第一―第十八巻＋別巻、平凡社。

牧野信也訳
　二〇〇一『ハディース』二巻、中公文庫。
ミケル、アンドレ／矢島文夫訳
　一九七六『アラビア文学史』白水社。
モンキー・パンチ
　二〇〇四『千夜一夜物語』嶋中書店。
柳橋博之
　二〇〇一『イスラーム家族法』創文社。

〈アラビア語〉

Alf Layla wa Layla, ed.
　1839–42 William Macnaughten, 4 vols, Calcutta.
Ibn Baṭṭūta
　1968–69 *Tuḥfa al-Nuẓār fī Garā'ib al-Amṣār wa-'Ajā'ib al-Asfār*, ed. and tr. C. Defrémercy and R.B. Sanguinetti, 4 vols., Paris .
Ibn Ḥajar
　1967 *al-Durar al-Kāmina fī A'yān al-Mi'a al-Thāmina*, vol. 1, Cairo.
Ibn Jubayr
　1964 *Riḥla Ibn Jubayr*, Beirut.（イブン・ジュバイル／藤本勝次・池田修訳『旅行記』関西大学出版部、一九九二）
Ibn Manẓūr
　2004 *Lisān al-'Arab*, Beirut: Dār Ṣādir.
Ibn Tawq
　2000–2004 *al-Ta'līq*, ed. Ja'far al-Muhājir, Damascus, vols. 1–3.
Kitāb al- Ḥikāyāt
　1956 *al-'Ajība wa al-Akhbār al-Gharība*, ed. Hans Wehr, Damascus.
Muhsin Mahdi
　1984–94 *The Thousand and One Nights (Alf Layla wa Layla) from Earlinest Known Sources: Arabic Text Edited with Introduction and*

Notes, 3 vols., Leiden : Brill.

〈ヨーロッパ諸語〉

Ayalon, David
1977 *Studies on the Mamluks of Egypt (1250-1517)*, London : Variorum Reprints.
1985 "On the Term Khādim in the Sense of 'Eunuch' in the Early Muslim Sources," *Arabica* 32, pp. 289–308.
1999 *Eunuchs, Caliphs and Sultans: A Study in Power Relationships*, Magnes : Hebrew University.

Forad, Paul G.
1976 "The Relation of the Slave and the Client to the Master or Patron in Medieval Islam," *International Journal of Middle East Studies* 2, pp. 59–66.

Goitein, S.D.
1967 "*Slave and slave-gilrs*", A Mediterranean society, vol.1, Berkeley : University of California Press.

Grotzfeld, Heinz
1996–97 "The Age of the Galland Manuscript of the Nights: Numismatic Evidence for Dating a Manuscript?",*Journal of Arabic and Islamic Studies* 1.

Irwin, Robert
1994 *The Arabian Nights: A Companion*, London : Allen Lane.

Schneider, Irene
1999 *Kinderverkauf und Schuldknechtschaft: Untersuchungen zur frühen Phase des islamischen Rechts*, Stuttgart : Deutsche Morgenländische Gesellschaft : Franz Steiner.
2000 *Slave Elites in the Middle East and Africa: A Comparative Study*, eds. Miura Toru and John Edward Philips, London : Kegan Paul International.
2006 *Tax Farm Register of Damascus Province in the Seventeenth Century: Archival and Historical Studies*, edited by Nagata Yuzo, Miura Toru and Shimizu Yasuhisa,Tokyo : Toyo Bunko.

Müller, Hans

1977　“*Skalven*”, Geschte der islamischen Länder: Wirtschaftsgeschichite des Vorderen Orients in islamischer Zeits, ed. Bernard Lewis, Leiden : Brill, p.59.
Ulrich Marzolph and Richard van Leeuwen, eds.
2004　*The Arabian Nights Encyclopedia*, Santa Barbara : ABC-CLIO, 2 vols.

掲載写真の出典

写真１　アラビアンナイト写本（パリ図書館所蔵）：Muhsin Mahdi, *The Thousand and One Nights (Alf Layla wa Layla) from Earlinest Known Sources: Arabic Text Edited with Introduction and Notes*, 3 vols., Leiden : Brill, 1984–94.
写真２　カルカッタ第一版（英ボードリアン図書館所蔵）：杉田英明先生より提供
写真３　世界最古のアラビアンナイト（シカゴ大学所蔵、９世紀）：Abott, Nabia, *A Ninth-Century Fragment of the “Thousand Nights” New Light On The Early History Of The Arabian Nights, Journal of Near Eastern Studies* 8, 1949.
写真４　現代エジプト（カイロ）の風景：筆者撮影
写真５　現代シリアの風景（戦争前）：筆者撮影
写真６　「奴隷市場」西洋の画家の描いた奴隷像（オリエンタリズムによる）：Jean-Léon Gérôme, “Marchhé aux esclaves”
写真７　「白人奴隷」西洋の画家の描いた奴隷像（オリエンタリズムによる）：Jean Lecomte de Nouÿ, “L'Esclave blanche”
６、７は共に Ruth Bernard Yeazell, *Harems of the Mind*, New Haven and London: Yale University Press, 2000.

あとがき

松下幸之助スカラシップの援助を受け、2009年冬から2011年冬までの約二年余り、筆者はシリアに滞在させていただいていた

筆者が大きなトランクと小さなトランク、ナップザックに持てるだけの荷物を詰め込んでたどり着いたシリアは、とても治安の良い平和な国だった。まさか帰国後このような形で毎日のようにシリアのニュースを耳にすることになるとは予想すらできなかった

筆者の記憶にあるシリアは概ね平和である。日本では見たこともないような晴れ渡る青空の下、痛みすら覚える日差しを何とか避けながら毎日のようにパリ大付属の中近東文化研究所に通い、アラビア語の個人教授の先生方のお宅に通い、アラビア語の古典書物を扱う本屋に通った。インターネットが自宅でできるようになったのは留学も再終盤に差し掛かったころだったのでそれまでインターネットカフェに通ってメール等を打っていた。シリアの夏は暑く、5月に始まる夏はほどなく摂氏40度を超える日々を連れてくる。また、それとは逆に冬は夏仕様に作られた家は隙間風がひどく、石造りの床は骨まで伝わるような寒さに毎日凍えた。人々はそのような中でも陽気だった。

生きているアラビア語に触れる機会をいただいたことは非常にありがたかった。シリア方言と筆者が勉強していた正則語（フスハー）の間にかなりの隔たりがあることを身を持って感じた。その一方で、シリア人やフランス人のアラビア語の先生方のアラビア語への絶え間ない情熱にはひたすら頭が下がった。いくら勉強しても足りないと思ったが資金が底をつき、筆者は泣く泣く帰国した。やり残したことも多かったのでできるだけ早く再訪しようと思った。政治状況が急速に悪化し、日本大使館から退去勧告が出たのは2012年5月だった。

政治状況の安定しないと言われる中東に援助をしてくださる団体は非常に少なかった。日本ではあらゆる意味で遠い地域である中東・アラビア語圏への留学は筆者の悲願であったので、助成をしていただいたことへの恩義は計り知れない。

また、執筆にあたり相談に乗っていただいた杉田英明先生、そして本書の刊行を引き受けて下さった石井雅社長に厚く御礼申し上げます。

著者紹介

波戸愛美（はと　まなみ）

1976年、岡山県出身。

現在、東京大学大学院総合文化研究科地域文化研究専攻博士後期課程在籍中。

主な論文に「14–15世紀アラブ中東社会における奴隷の用語法」『地域文化研究』4、2008、「マムルーク朝時代の奴隷像：『千夜一夜物語』、『大旅行記』、『日録』の比較から」『日本中東学会年報』24-2、2009、などがある。

アラビアン・ナイトの中の女奴隷

2014年10月15日　印刷
2014年10月25日　発行

著者　波戸　愛美

発行者　石井　雅
発行所　株式会社　風響社

東京都北区田端4-14-9（〒114-0014）
Tel 03（3828）9249　振替 00110-0-553554
印刷　モリモト印刷

Printed in Japan 2014 © M. Hato　ISBN987-4-89489-7